U0614042

生态绿春丛书

第一辑

土地恋歌

白者黑 著

中国海洋大学出版社

·青岛·

图书在版编目（CIP）数据

土地恋歌 / 白者黑著 . —青岛：中国海洋大学出版社，2024.5

（生态绿春丛书 . 第一辑）

ISBN 978-7-5670-3785-4

Ⅰ.①土…　Ⅱ.①白…　Ⅲ.①诗集－中国－当代　Ⅳ.①I227

中国国家版本馆CIP数据核字（2024）第035642号

TUDI LIANGE

土地恋歌

出版发行	中国海洋大学出版社		
社　　址	青岛市香港东路23号	邮政编码	266071
网　　址	http://pub.ouc.edu.cn		
出 版 人	刘文菁		
责任编辑	张　华	电　　话	0532-85902342
电子信箱	zhanghua@ouc-press.com		
印　　制	青岛国彩印刷股份有限公司		
版　　次	2024 年 5 月第 1 版		
印　　次	2024 年 5 月第 1 次印刷		
成品尺寸	160 mm × 220 mm		
印　　张	12.75		
字　　数	89千		
印　　数	1 ~ 1000		
定　　价	68.00 元		
订购电话	0532-82032573（传真）		

发现印装质量问题，请致电0532-58700166，由印刷厂负责调换。

爱让诗歌飞翔

　　诗歌应该是大众化的，语言也应该通俗易懂。精美的诗歌从来就不欢迎艰深苦涩的文字。追求"简"中出"真"、出"情"，是白者黑这本诗集的一大特征。"只要上苍给予我们/一束温暖的月光/我们的爱情/一定会散发出幸福的光芒"（《幸福的光芒》）。"一滴滴雨水/漂游于广阔的天地间/从春天到冬天/不知道滋润了多少/枯黄的生灵"（《雨水》）。这些文字承载着火热的情感，从看似直白的文字中，我们可以深切地体会到作者深沉的爱。

　　这是本有温度的诗集。从故乡的山水、故乡的四季、故乡的古歌、故乡的爱再到哈尼的家园，作者对故乡爱得炙热，他的爱像一把火，照亮自己，温暖他人。"我永远是哈尼族人/我永远是阿保欧滨的儿子/一生都不想离开/我的衣胞之地/我爱恋生养之地/就像游鱼依恋河水一样/我的故乡是哈尼家园"（《不想离开》）。读到这些诗句，我为之感动，被

他的真情所感染，真真切切地感受到他对故乡的热爱。

没有爱，诗歌就没有旺盛的生命，就不能飞翔。爱能让诗歌自由地飞向广阔的天空。在白者黑的眼中，诗歌在故乡的山水中，在父亲的猎枪中，在背篓里，在孩子的梦呓中。

生活本来就是一首诗，有什么样的经历就有什么样的诗歌。白者黑自始至终没有离开过自己热爱的土地，一路走来虽然艰辛，但正因为对土地怀有深厚的感情，他创作了许多有"泥土味"和稻麦芳香的诗歌，在多年的潜心创作中逐渐形成了自己的风格。

白者黑还是一位学者，他在哈尼族文化的研究、传承和保护中不断开拓前进，取了很好的成绩，并创办了哈尼服饰传习馆，帮助哈尼族服饰走出大山、走向世界。他对哈尼族民歌、摄影和绘画等方面也有一定的贡献。他的足迹遍布绿春县内的村村寨寨，并曾经到过东南亚一些国家和我国其他一些哈尼族村寨考察学习。白者黑似乎有永远写不完的诗，他从民族的血液中汲取营养，并源源不断地反哺自己的民族，哈尼族文化在他和其他所有热爱哈尼族文化的人们的努力下，迎来一个美好的春天。

真心祝愿白者黑在文学的道路上越走越远、越走越好！

谭琪做

2023年12月

目录

故乡的山水

埃倮梯田

埃倮梯田

带着泥土的气息

从远古走来

在森林、村庄和溪流之间

四季绽放出一朵朵美丽鲜花

埃倮梯田

是一位伟大的母亲

她以强劲的生命力

日复一日地诉说着

一个民族千年的艰辛

埃倮梯田

是一幅大自然的画卷

她以伊人的姿态

静静地依偎在戈奎的怀抱

顽强地点缀着大山的神韵

埃俣梯田
是一个梦幻的世界
她以博大的生命
创造一个世间的奇迹

2012年5月11日

被遗忘的山村

世界的寂寞

聚在这里

世界的风沙

堆在这里

这里是古老的村庄

我们生来就属于大山

在大山深处的小山村

我们会牢记

是大山和村庄哺育了我们

我们会永远守护大山和村庄

2003年2月15日

泊那河畔

泊那河

一条故乡的河流

从遥远的诺玛阿美走来

走进巍巍哀牢山的腹部

走进哈尼腊咪人的心里

千百年来

泊那河

在风雨中欢歌

在日月下诉说

千百年后

泊那河

以古老的姿态

悄悄哺育一片片

希望的梯田

还有一代代淳朴的族人

今天
我再次走进泊那河
安详地躺在
她那温暖的怀里
轻轻吟唱古老的迁徙史诗

在泊那河畔
我用一片绿叶接起一杯
清凉的泉水
轻轻泼在身上
洗涤城市的喧嚣

在泊那河畔
我用一个竹杯舀起一盅
醇香的米酒
大口畅饮
消除满身的疲惫

在泊那河畔
买一桶正宗的米酒
送给我的父亲

买一袋洁白的棉花

送给我的母亲

让他们一同回味

火塘边热烈的恋情

在泊那河畔

我已是一棵返青的秧苗

我的心在这里得以净化

我的灵魂在这里得以升华

2012年5月9日

茶

一棵棵苍劲的茶树
造就了
一片片茂密的森林

一个个碧绿的茶园
铸就了
一部部深厚的史书

一杯杯浓郁的茶水
滋润了
一代代昂玛的子孙

茶
在美丽的哈尼山乡
在祖先的供桌上
日夜传递着
族人的虔诚

2011年4月8日

茶话

茶

一个古老民族

与生俱来的生活必需品

在古代与现代之间

文明辉煌

茶

哈尼族古老风俗的桥梁

长长连接着

祖先与儿孙的情结

千秋传承

烧热一壶茶

就是翻开一页新的历史篇章

深深地凝望着

古老的故事

烧热一壶茶

叫拢儿时的伙伴

每人一杯

回望旧日的足迹

遥望一个充满幸福世界

茶

绿绿的

浓浓的

一杯茶

就是一部鲜活的历史

一杯茶

就是一段美丽的人生

轻轻饮一口

绿油油的茶

讲述一个个故事

轻轻饮一口

绿油油的茶

展望未来激动人心的时刻

2012年1月19日

柴

沿着陡峭的山背

随着勤劳的腰背

走向山寨

走向火塘

与蘑菇房拥抱

为哈尼族人燃烧

不灭的火塘

永远的精神

2006年12月5日

春花

春花

在春的季节里

在山的怀抱中

在爱的高空上

开得娇艳

开得自信

开得顽强

春花

以伊人的姿态

歌唱爱情

以细嫩的小手

装扮世界

以使者的身份

创造幸福

2011年2月14日

故乡河

故乡河

哈尼山乡的河

是一道清澈的泉水

自古绕田串寨蜿蜒悠长

像阿爸那冷却的汗水

像阿妈那甘甜的乳汁

梯田、茶园、草果、樱花……

四季在您的怀里流淌

故乡河

东仰阿倮山寨的河

是都玛简收泪滴的汇集

是阿倮欧滨①文化繁衍生息的通道

---

① 阿倮欧滨是位于绿春县与元阳县交界处东仰山头的一片水源林，这里森林茂密、泉眼遍布，是重要的水源地。阿倮欧滨在哈尼语中的意思是"圣水涌出的地方"。

像一卷"哈尼秘本"收藏了

许多悠久的历史文化

这不是传说

也不是故事

啊　故乡河

有了您

岁月不再枯燥

大地不再干涸

像皎洁的月光清清幽幽

像哈尼的长街古宴长长久久

只要大山还活着

您永远是哈尼族人与梯田的归宿

啊　故乡河

有了您

村庄不再寂寥

灵魂不再孤单

民族风情园、哈尼玛龙园、双拥广场

……

熠熠生辉　喜迎宾客

阿倮欧滨历史文化

千古灿烂辉煌

2007年10月10日

哈尼梯田

这是哈尼祖先和大自然的杰作

这是一部完整的民族史诗

深刻记录着

哈尼先民由北向南的迁徙过程

游牧生活到农耕生活的转变过程

这是一面珍贵的镜子

从中依稀可以看到

哈尼先民

从嘎鲁嘎则到若罗普楚

从若罗普楚到诺玛阿美

从诺玛阿美到谷哈密查

从谷哈密查到红河南岸

漫长艰辛的迁徙画面

哈尼梯田呀

耗尽了世代哈尼族人的心血

融入了世代哈尼族人的智慧

哈尼梯田呀

静静地横卧在哀牢山深处

给予世界的人们

悠久的历史美

和谐的共生美

民族的精魂美

壮丽的自然美

朴实的生活美

2011年9月20日

火塘在生命里

火塘

以一种生命的形态

从遥远的诺玛阿美走来

在漆黑的夜里

为忙碌的族人

烧热着

一段段长远的故事

一烈火焰

就是一段幸福的生活

一点火星

就是一段永恒的记忆

多少年过去了

母亲老了

老屋更新了

唯有火塘

在白昼与黑夜间

静静地诉说着

一段段爱与恨的历史

火塘

在故乡

放飞心灵的絮语

编织着一张

精致的富裕网

书写着一部

精美的哈尼史诗

2007年12月13日

祭祀阿倮欧滨

在哀牢山深处

在东仰绿春

淳朴的哈尼族人民

选择光彩夺目的春天

选择樱桃深红的牛日

选择村寨的大黑猪

隆重祭祀

神秘的阿倮欧滨

怀念哈尼族人民的

历法之神

都玛简收

窝拖普玛

阿倮坡头

……

十二个哈尼村寨

男女老少为健康磕响了头

子子孙孙为幸福献上了祭品

一碗浓茶和一杯醇酒

一碗"圣水"和一碗"圣肉"

东仰的人们啊

把甜蜜的微笑留在"神林"

把希望的"龙骨"系在身上

2011年2月28日

兰花

风调雨顺的年份

硕果累累的秋天

碧绿矮小的梅兰

在数百日的精心照料下

终于开出了六朵小花

在宽敞明亮的办公室

日夜散发着淡淡的芳香

为空空荡荡的人生

增添了生命的气息

啊

一株兰草

一束兰花

一个理想

一生奋斗

花一定会越开越多

人一定会越走越远

1998年9月18日

魅力戈奎

东与元阳毗邻

北与红河相望

西南与大兴镇相连

约百分之六十的森林覆盖率

这就是绿春的戈奎

生态环境的自然美

腊咪人民的淳朴美

哈尼梯田的细柔美

饮食风味的独特美

民族歌舞的原始美

这就是戈奎的魅力

魅力戈奎

像亘古不变的火塘一样

默默展示着古老民族的风采

魅力戈奎

以如诗如画的美貌

热情迎接着四海宾朋

2012年5月10日

莫昂南

四月的杜鹃

哭哑了嗓子

五月的杜鹃

铺满了高山

山里的哈尼族人民啊

祈祷风调雨顺

山路弯弯

河流弯弯

路边的草

河边的树

早已是烈日的坟墓

大地干涸了

庄稼枯萎了

留下的是山里人的泪滴

那是庄稼伤痛的泪水啊

那是大山浑浊的汗水啊

为了幸福的日子

勤劳的人们啊

选择吉祥的马日

田间地角

杀鸡宰鸭

今天莫昂南

今晚会下雨

今天莫昂南

秋季会丰收

2007年5月16日

蒲公英

无论春秋

无论冬夏

只要还有些水分

只要还有些阳光

它们就坚强地活着

为大地增添了

和谐色彩

为人间散放了

淡淡清香

每一个风雨交加的夜晚

它们随暴风雨浪迹天涯

最后

它们没有死去

留给世界的不是遗憾

而是一张张可爱的笑脸

2010年11月11日

山村老师

山村老师
是亘古不变的春泥
年复一年
日复一日
默默为山村奉献青春

山村老师
是一首动人的山歌
时刻滋润着孩子们干涩的歌喉

山村老师
是一面鲜红的旗帜
日夜飘扬在寂静的天空中

山村老师
是一支不锈的钢笔
描绘出无数孩子的梦

1999年9月10日

梯田的命运

不知道多少年前

我们的祖先定居在这里

不知道多少代人

以怎样的方式

在大山上雕刻出了

如此神奇美丽的梯田

不知道多少年里

森林孕育了泉水

泉水孕育了梯田

梯田孕育了哈尼儿女

哈尼族人孕育了

如此古老珍贵的梯田文化

许多年里

梯田

以独特的魅力

吸引了山外的朋友

以古老的模样

给予了很多的梦境

多少年过去了

人们啊

以自然的方式

在梯田的世界里过着

幸福安详的生活

许多年过去了

城市建设

退耕还林

交通建设

一股股热浪

打破了村寨的宁静

改变了梯田的命运

但，有谁能告诉我

灿烂的梯田文化

将何去何从

2012年3月18日

雨水

在苍白的云雾里

一滴滴雨水

漂游于广阔的天地间

从春天到冬天

不知道滋润了多少

枯黄的生灵

只知道每一棵碧绿的小草

都是雨水的杰作

不知道灌满了多少

干涸的梯田

只知道庄稼的丰收

带给万民幸福的微笑

2010年7月11日

一棵柴

大步跨向你

本以为随手可以拣起

使尽全身的气力

才把你举起

把你放在路边的草丛中

我们却全身湿透

是你那痛恨的泪水吗

离开高山让你痛苦了吧

若是这样

从此

不再让你远离大山

2000年11月15日

一棵棕榈

一棵棕榈

独自矗立在

那座光秃秃的山头

它虽没有

榕树般茂盛

桃李般艳丽

杜鹃般诱人

但它四季常绿

它从不悲观

一生默默衬托

那片深厚的土地

它从不索取

精心装饰着

初建的山间校园

它从不炫耀
日夜向风雨挑战
为的是
让人世
少一分痛苦
多一些快乐

1998年11月25日

樱花

数不清

寒风吹落了

多少娇艳的百花

数不清

寒流刺穿了

多少五彩的秋叶

迎寒奋战不畏强暴的

何止是梅花

瞧　樱花

故乡那满山的樱花

不也在寒流中奋战吗

不也在腊月下芬芳吗

故乡的樱花

是大山的女儿

冬天正是她出嫁的季节

她用宝贵的青春
毅然守护着大山的容颜
她用纯洁的灵魂
为故乡增添缤纷的色彩

2008年11月30日

最后一支猎枪

冬天的南方是绿树成荫的世界

南方的冬天是百鸟聚会的季节

在一望无际的林海中

猎人和他的伙伴们

不知踏碎了多少干枯的落叶

一片落叶就是一个生命

一个生命就是一段历史

猎人老了

身边的猎枪是他唯一的财物

猎人逝世了

摩匹①一夜古经

把老人送回了诺玛阿美

儿女们一路伤痛把老人送到了

寂静的森林

---

① 摩匹，哈尼语音译，旧时哈尼族社会中负责主持原始宗教各种活动的祭师。

猎人的孩子长大了

一生信仰人与自然和谐相处

大步走回南方的老家

在温暖的火塘边

与母亲一同默守着

父亲唯一的遗产——

最后的猎枪

眼含泪滴

寄给远方的民警

又是一个樱花绽放的冬季

远去的猎枪

为家乡寄回了一份生态文明的答卷

2009年10月28日

故乡的四季

爱之歌

就在冰雪融化的世界里
朗读一份冬天的总结
手持一束微笑的春花
写一首春天的诗词
发表在手心的情书上
山里燕雀欢歌
院里蝶蜂恋花
夜里月明星稀
心里花谢叶绿

淅沥的小雨啊
悄悄为春天
画上一个绿色的句号
只有枝头的蝉儿
继续着夏的座谈会
还有村头的老马
用心享受丰收的喜悦

2006年8月25日

八月的绿春

八月的绿春

水青山又秀

绿春的八月

山花正烂漫

阳光沐浴大地

大地喜迎风雨

风雨丰满粮仓

粮仓成就幸福

一抹五彩的晚霞

一群晚归的山民

一缕袅袅的炊烟

一幅秀美的画卷

2011年2月16日

春歌

整整半年

天空

从未走过一片

带有雨滴的云

西南

默默承受着

大地裂口的疼痛

终于

天空中神奇地出现了

一片片美丽的黑云

一阵阵雷声

打破了夜晚的寂静

一道道闪电

照亮了昏暗的大地

三十四声雷鸣响过了

三十四道闪电穿过了

一场珍贵的春雨

终于从天而降

大地苏醒了

绿蛙唱歌了

人同万物

肃穆地奔向

如油的春雨

激情演奏

春的交响曲

2012年4月17日

春雷

在春的季节里

连续的春雷

打破了

清明的沉默

在边境山城的上空

悦耳的春雷

滋润了

干枯的心房

在古老的山寨

质朴的父母

煮熟了

甘甜的春雷汤圆

2011年4月7日

春天的礼物

樱花

激情地绽放

这是大山送给新春的

第一份礼物

勤劳的蜂儿

在花海中

努力创作的爱的篇章

最后发表在

花和花之间的绿叶上

春风啊

从早到晚

在高山与河流间

在山寨与梯田间

轻轻传诵着

一首首春的诗篇

2009年3月2日

春雨

好多个日日夜夜

母亲和

村里的乡亲们

一直谈论着春雨

好多个日日夜夜

岁月像一头老黄牛

终于走过了寒冷的冬季

山里的人们啊

日夜等待

播种的时刻

岁月终被春风打动

一场春雨终于降临了

她像一位慈祥的母亲

整天不知疲倦地

滋润着整个大地

高山绿了

春花开了

溪流跳了

我终于看见

母亲和乡亲们都笑了

2012年5月3日

春韵

微风是春的脚步

细雨是春的礼物

老牛带着一生的爱

走访于刚复苏的万物间

播种生命的灵感

犁耙和梯田

村庄和河流

在风雨的笔墨中

成就了一部部春天著作

在明媚的阳光下

在清幽的月光里

生命的篇章日夜发表在

艳丽的花海中

让所有热爱生命的人们

深深体会

劳动的真意

2011年3月5日

冬天的絮语

亲爱的朋友

北国的冰雪冻着你了吗

冰天雪地里的足迹还清晰吗

你可否记得

四季如春的南国春城

哈尼家园——生态绿春

你可否记得

每年的冬季

你总要实现候鸟的诺言

飞吧　亲爱的朋友

一路向南

一路向暖

飞向南国绿春

分水岭的大门

日夜为你敞开着

来吧　亲爱的朋友

南国的山花等着你

像候鸟一样

到东仰绿春悠然生活

2007年9月18日

冬天里

一阵寒风过后

接着来的是

一场冰冷的细雨

整个村庄

似乎停止了呼吸

竹林深处的鸟儿

俣德河里的鱼虾

也似乎停止了运动

只有　只有

屋前那棵核桃树上的

独角高兰

坚强地散发着春天的芬芳

2008年12月3日

冬无影

一片开得烂漫的樱花

像一页辉煌的篇章

一阵吹得薄瑟的寒风

证明一个冬天的无情

在冬天

和父老乡亲一同

静静等待春天

在冬日宁静的夜晚

有一段原始的梦

在第一朵桃花盛开时

历史悄悄地诉说

老黄牛与母亲

孩子与鸭群

还有河流、梯田和沙滩

在冬天的迷雾里

纯朴地微笑

随岁月的逝去

世界变得恍惚

冰雪变得浑浊

冬天，童年，母亲，土地

还有梦里的春花……

2008年1月12日

回来吧

春天走远了

只留下几片黯淡的花瓣

春雨来不及高歌一曲

就被暴风骤雨带走

想到了吗

夏天带来了许多美丽的生命

听见了吗

百鸟在林间歌唱

看见了吗

野兔在苞谷地里戏耍

回来吧　我永远的朋友

让我们在风雨中

共奏一曲生命之歌

2007年5月28日

迷恋春天

春天是一位温情的少女

春天是一只歌唱的杜鹃

春花是一群春的使者

一夜间

把烈火般的热情散布到

鲜花和绿叶中

沃土和山寨里

一首动人的山歌

就是一份春天的厚礼

一夜绵绵的春雨

就是一段美丽的春梦

山花艳艳迎情侣

山民默默播希望

小桥流水悠悠自在

2009年3月28日

盼春雨

不知疲倦的老水牛

两鬓斑白的父母亲

焦急无比

日夜难眠

天是灰的

地是灰的

庄稼也是灰的

往日的绿水青山也是灰的

人们都说

春天不春了

啊　终于盼到了

春风唤醒了春雷

沉浸在痛苦中的人们

终于盼到了

细细的春风

隆隆的春雷

春雨下了半个夜晚

2010年6月18日

盼雨

从去年秋天

到今年春天

整个天空缺少了

一片云彩

一滴雨水

整个村寨缺少了

一个微笑

一点希望

人们啊

盼着下雨

庄稼啊

盼着下雨

大地啊

盼着下雨

三月二十八日

凌晨的钟声响过

随后一阵阵雷声

从天而降

惊醒了昏睡中的万物

一道道闪电

掠过千山万壑

隆隆……

沙沙……

啊　雨终于下了

2010年5月28日

期待

在这个多彩的世界里

人们总是日夜期待

期待奋斗得到的成功

期待付出得到的收获

期待祈祷出现的奇迹

在充满生机的春天里

男孩连续几夜不眠地等待

等待一朵生命之花的盛开

等待一本人生之作的出版

等待一段生活感言的发表

艰苦创作了《山寨情韵》

激情写就了《印象绿春》

一本书就是

一段人生的总结

亲情　爱情　友情
昨天　今天　明天

2011年1月21日

秋风

秋风一夜
吹遍江南的山山水水
吹遍山里的村村寨寨

秋风啊
你是一位勤劳的清洁工
整夜带着飘飞的细雨
吹落了山里山外的枯枝烂叶
清扫了村里村外的大小道路
滋润了小河两边的良田良地

秋风啊
你也别太猛烈了
田棚没了屋顶
鸟儿停止了歌唱
山民停止了劳作

2007年10月9日

秋韵

沿着多彩的踪迹

用碧绿的脚步

悄悄远离

春的嫩绿

夏的热烈

秋是一位成熟的俊男

有夏的热情和坦露

秋是一位丰腴的少女

有春的温情和羞涩

不再犹豫

就用一颗稚嫩的心

轻轻拥抱丰满的金秋

2001年9月14日

下雨了

在漫长的日夜里

人们盼望着

一场大雨的来临

滋润焦渴的大地

一阵春雷终于响彻云霄

随着一场大雨来到人间

人们放下沉重的心情

欢声笑语中煮汤圆

以古老的方式

庆祝春雨的到来

终于下雨了

下吧　下吧

就让世间万物复苏吧

就让春雨洗刷大地的烦恼吧

就让春雨拥抱人间的欢乐吧

看吧　看吧

一只只春燕在雨中飞翔

一颗颗种子在雨中破土

听吧　听吧

林间的小鸟开始歌唱

老农站在雨中高呼

春雨贵如油

2012年4月8日

夏

许多年前

我喜欢故乡的四季

春天进山林摘野果

夏天到茶园掏鸟窝

秋天下田间抓鱼虾

冬天到河里放鸭子

许多年后

我只喜欢故乡的夏天

不是讨厌冬天的寒露

不是害怕春天的干旱

不是难守秋天的寂寞

因为夏天的故乡

有缠绵的细雨

有深绿的大山

有鲜红的桃李

因为在夏天的故乡

可以过矻扎扎节[①]

可以吃上香喷喷的新米饭

2011年7月11日

[①] 矻扎扎节，又称"苦扎扎节"或"六月年"，是红河哈尼族地区的重要传统节日，每年农历六月中旬举行，人们在节日里祈求丰收、平安、人畜兴旺的盛大节日，类似于汉族的春节。

新春

一朵鲜艳的桃花
带着灿烂的微笑
盛开在碧绿的山间
盛开在山民的心里

一朵粉红的桃花
就是一首动人的诗篇
发表在新春的封面上
让阳光沐浴
让风雨歌唱

桃花的芳香
就是新春的祝福
在春里
桃花总让蜜蜂
把春天的絮语
送给山里的人们

2011年1月29日

新年的钟声

这是冬天的最后一场雨

这雨带给人间最后的寒冷

满城的雨水淹没了

宽敞的街道

人们啊

在风雨中祈祷

这是新年的第一缕阳光

这暖和的阳光

给家园带来了

无限的生机

春花啊

在绿叶和阳光间

露出了迷人的微笑

2012年1月4日

雨中魂

凛凛的冬风
总把山里那些
在困苦挣扎的人们
从疲倦的梦中惊醒

黑色的山峦
像一个远离尘世的秘境
让所有的爱与恨
在冬风细雨中
栖息长久

一个世纪后
冬的雪雨又随风下起
天地间的万物
像串串色彩鲜艳的珍珠
让万物生长

宁静的夜啊

在春雨的情感里

飘荡

沸腾

爱

终于在春的气息中苏醒

在天地间升华

2009年1月15日

这个冬天

这个冬天
勤劳的村民
只能围在火塘边唱古歌

这个冬天
林间的鸟儿
成群结队地往村里赶

这个冬天
护村竹的绿叶
也不愿随寒风摆动

这个冬天
英俊美丽的青年
似乎遗忘了浪漫

2009年12月1日

故乡的古歌

窗外

夜来蟋蟀鸣，

鸡鸣黑夜去。

明月山顶挂，

山寨炊烟飞。

人闲秋叶落，

雨后朝阳升。

秋风化秋雨，

崇山座座苍。

1999年10月5日

春节

辞旧迎新龙年到，

鞭炮声中祝福临。

明月星间祭先祖，

哈尼子孙觉扎扎①。

2012年1月23日（农历大年初一）

---

① 觉扎扎，哈尼语音译，意为"心头的节日"，是哈尼族民间节日，流行于云南地区，农历十二月下旬的马日或羊日举行。

春景

春风一路走来，
春花一季烂漫。
村寨月下入眠，
山歌树下悠扬。
阿哥出门打工，
阿妹守护家园。

2012年2月7日

春雨

春风化春花，

春花美春天。

春民盼春雨，

春雨润春城。

2010年4月19日

春韵

寒夜轻风闯山寨，

吹响巴乌舞乐作。

月下风雨叶同归，

草木枝头换新颜。

2005年11月25日

东仰

穿梭密林间，
俯瞰东仰城。
春城似青龙，
静卧山梁上。

2011年6月2日

冬韵

寒冬腊月山花艳，

连绵青山溪水流。

哈尼家园浴细雨，

日月交辉迎新春。

2012年1月1日

哈渣丕①

人间六月矻扎扎，
自古哈尼尝新米。
门外杀鸡为驱邪，
日夜乐作迎丰收。

2006年7月2日

---

① 哈渣丕，哈尼族矻扎扎节前进行的杀鸡等驱邪避灾活动。

火塘

在茫茫的林海中

一堆火塘

记述着一个民族的诞生

在低矮的蘑菇房里

一堆火塘

温暖着一个贫苦的家庭

千百年来

火塘以不变的姿态

抵御寒冷和疾病

千百年后

在族人的心里

火塘已是一部珍贵的史书

2010年1月17日

记忆

岁月冲刷了

许多痛苦的记忆

却刷新着

少时美丽的回忆

矻扎扎

耶苦扎①

觉扎扎

一个个欢喜的节庆

是小伙伴们

穿新衣乐通宵的日子

昂玛突②

---

① 耶苦扎，云南西双版纳一带的哈尼族人将六月年称为耶苦扎节。

② 昂玛突，哈尼族每年春耕开始之前（一般在1月中旬）举行的一种祭祀活动，祈求来年风调雨顺、五谷丰登，人畜平安。

莫昂南

阿俣欧滨

一个个传统的祭日

村里的孩子们

一定会

下田捉鱼野春

进山采果捉鸟

大略罗德

谱哆罗德

高龙巴迪①

在蘑菇山寨兴旺发达的田园

有勤劳的族人

一年四季跟着老牛

共同创作一部深厚的《农耕史书》

许多年后

孩子们长大了

老牛却跟着老人走了

小河里的鱼虾突然又不见了

还有河边的柳树及树上的虎头兰

---

① 大略罗德、谱哆罗德、高龙巴迪为云南绿春县城附近的地名。

也在烈日下慢慢枯死了
只有　只有
那一段段美好的记忆
永远存活在族人心中

2011年6月8日

恋情

九月中秋圆月夜，

山寨鸡鸣夜虫歌。

阿哥阿妹舞一夜，

十月深秋断红线。

2011年9月15日

念故乡

寂寞夕阳下，异乡炊烟起；故乡捎来"干通通"，夜半来，天明去，一夜未眠念故乡；微风细雨徐徐来，欲乘云雾即时归。

2004年10月20日

平掌街

平掌街

古老又现代的地名

西南区第一委员会的遗址

时隔六十载

那里仍然遗留着

浓厚的革命气息

平掌街

一棵棵高大的多依树

结满了指头大的绿果实

一座座低矮的瓦房里

诉说着一段段动人的

剿匪故事

一棵大树

一间茅屋

四座英雄的坟墓

共同见证着

西南区六村的解放

共同讴歌着

绿春的发展

平掌街

静静地伫立在哀牢山深处

为子子孙孙讲述历史

2011年6月15日

山里

秋风扫落叶，

山樱迎寒笑。

一叶一季节，

一花一相思。

2021年12月12日

水碾

一千多年前

我们的祖先

用智慧和勤劳

用木石铁壁

制造了碾制谷物的工具

族人们亲切地称其为水碾

一千多年后

水碾以巨人的姿态

矗立在哀牢山间的哈尼山寨

终年不息地履行着伟大的使命

日夜在悠然与古朴之间

和山区梯田一同

哺育着一代代质朴的族人

和村庄溪流一同

构成一道农耕奇观

和森林泉水一同

合奏着古老的多声部交响曲

农耕田园

乡村和谐

2011年6月17日

雨后雾霭

风劲新雨落，

阴晴云霭间。

乘霭穿山林，

白云平青山。

暮中不寂寞，

歌舞天地间。

2007年10月2日

圆月令

圆月，圆月，高挂月明星禾箭失，月盖深山森林黑者白。美兮，美兮，老树洞中夜鸟泯鸣，独怜月色自吟诗。

2006年10月9日

中秋情韵

窗前白云绕青山，
村头竹笋插云霄。
西山圆月东山日，
万家欢聚月饼甜。

2010年9月

故乡的依恋

窗

容纳了青山

容纳了河流

还有山脚到山顶的梯田

还有半山腰的古老山寨

于是

一位四季守望窗的使者

日夜轻轻地擦亮窗

于是

他在春天里

把一个个美好的理想

从窗口放飞出去

希望给守望大山的人们

带来了一片蔚蓝的天空

2000年12月8日

春天的仪式

时光悄悄走过

几百年后

仍然是在

春暖花开的季节

仍然是在

阳光明媚的牛日

德高望重的咪谷

身着全黑的汉子

漆黑高大的公猪

漂亮的大公鸡

成熟的大公鸭

在茂密的林间

以古老的方式

静静地祭祀

神秘的阿俫欧滨

东仰阿俫十二寨

人人虔诚磕拜

天地间众神聚议

给予哈尼山乡

风调雨顺

五谷丰登

给予哈尼族人民

六畜兴旺

幸福安康

2012年2月10日

春天里

春花在村里静静地绽放

小鸟在花里轻轻地歌唱

人们在家里安详地生活

一个勤劳淳朴的民族

一种自然崇拜的习俗

一件无比珍贵的遗产

千百万哈尼族人

封堵寨门三天

在春的季节里

在古老的村寨里

在茂密的神林里

身穿黑布土衣

杀鸡宰猪

磕拜昂玛阿波①

温染彩蛋

赠予四方宾朋

2010年2月16日

———————

　　① 哈尼族的寨子上面通常都有一片树林，称为"昂玛玛丛"（意为寨神林），其中一棵标有"昂玛阿波"的树为寨神树，寨人举行祭祀活动时，向寨神树祈求平安健康和丰收。

诞生

三十年前

那个属羊的年度

六月间

那个属猪的日子

在寂静的玛龙园中

一位伟大的母亲

艰难地生下了一位男婴

一位年迈的奶奶

用旧衣撕成的布块

包裹好婴儿后

很熟练地

把胎盘轻轻埋在

漆黑的左扇门后

再插上九支筷子

再到房顶

向四周抛掷绿叶

从此
男婴健康成长
从此
他是玛龙家族的子孙
他是哈尼民族的后代
他是波者的儿子者黑

2012年8月28日

父母的"伙伴"

春夏秋冬

哈尼家园

一首首古老的哈尼族酒歌

传遍东仰大地

一段段动人的哈尼族山歌

回荡田间地角

从日出到日落

从村寨到茶园

从田野到老家

微型放音机

是父母一天的"伙伴"

也是父老乡亲常带的新品种

听母语歌曲早已是哈尼族老人

农耕稻作的调味品

2012年7月17日

欢度五月五

五月是多雨的季节
大山里的民族
放下手中的农具
采回碧绿的尖叶
精心包装香喷喷的粽子
与全国人民一同
怀念英雄屈原
记忆传统的端午

五月五是喜庆的日子
全家人围着温暖的火塘
相互拴起吉祥的彩线
共同祝愿一生平安
亲朋好友相聚在竹篾桌旁
共同品味绿色杂菜
许愿在漫长的雨季里
百毒不侵

2011年6月6日

母爱

母爱

自古是一个深奥的故事

在高山与河流之间

世代传唱

母爱

永远是一片广阔的天空

在人与神之间

日夜崇拜

一个平凡的母亲

就是一部爱的剧本

一个母亲的夜晚

就有一段催人泪下的故事

月光与母亲

孩子与乳汁

笑声与哭声

精心编织着一张张

透明的情网

时光如溪流

孩子像秋天的硕果

花开又花落

母亲却像冬天残留的黄叶

枯萎飘落

2005年3月15日

母亲

母亲在月光下

永远是宇宙间

美人中的美人

就这样悄悄地温暖着

每一个可爱的孩子

月光下的母亲

永远是一首古老的歌谣

永远是一片广阔的天空

一个母亲就是一个爱的化身

一个夜晚就是一段真情的故事

母亲的艰辛

永远是一张透明的情网

月光、乳汁、哭声

时光是汹涌的河水

孩子是秋天的硕果

母亲已是一片枯黄的叶儿

2002年2月6日

念母亲

母亲啊

您是一首古老的四季生产调

自古就这样悠扬动听

让您的孩子自幼就

陶醉在优美的旋律中

亲爱的母亲

您还在守护着

屋里那温暖的火塘吗

您还在梯田间

讲述哈尼与梯田的故事吗

您还像喜鹊和蜜蜂那样劳作吗

念您

在月明星稀的夜晚

念您

在百花齐放的春天

2001年3月8日

谦让

三十年的和睦家庭

三十年的乡村生活

我终于理解了

母亲白发间的艰辛

父亲皱纹里的微笑

二十年的学习生涯

二十年的风雨人生

我终于体会

达到目标需要努力

多彩人生需要奋斗

十年的爱情之旅

十年的世俗人间

我终于理悟

谦让是一种美德

谦让是一种气质

多少年月翻过

多少日夜交替

我却始终不明白

选择一个自己爱的人

选择一个爱自己的人

哪个更好

2012年1月9日

森林

茂密的森林

古老的蘑菇房

勤劳的哈尼族人

静静地在哀牢山深处

和谐共度千年岁月

淳朴的哈尼子孙

神秘的昂玛阿波

用感恩的心

虔诚祭拜肃静的寨神林

报答森林的滋养之恩

2012年5月29日

山茶花恋

山茶花在冬春之交

悄悄地盛开在南国

开得鲜艳

开得自信

开得和谐

花儿自由地开放

蜂儿嘤嗡

鸟儿轻唱

人们

背靠着山茶花幸福地微笑

阳光明媚

崎岖小道

一对对恋人

走进火红的山茶花

2011年1月10日

守护

我的一生就这样注定

独居在蘑菇山寨里

也许是

山寨脚下的磨秋荡不去

一生的感恩

也许是

血液里流淌的山泉水控制着

一生的呼吸

不走便就不走了

就让我放下所有抱负

静守这个的诗意家园吧

就让我跟着父母

解读农耕稻作的篇章吧

就让我带着妻儿

用浓浓的情共建族人的大观园吧

在繁茂的林间

在寂静的夜里

在古老的山寨

请让我和我的家人一同

在充满田园诗情气氛的山寨里

用深深的情守护吧

守护我们美丽的家园

2011年6月16日

117

四月感怀

这是阳光和煦的春天

为何

一阵凄凉的风雨在侵袭

成功的酒还没品尝

生死别离的噩耗

却无情穿插身心

去吧

我们会陪你度过

这个黑暗的夜晚

我们会为你流下

第一滴男子汉的眼泪

蓦然回首

我们曾是一群欢乐的鸟儿

在村里

在村外

在田里

在河边

歌唱、漂泊、翱翔、劳作……

我们曾像一群可爱的小鸭子

四季在故乡的怀抱里

相依相偎

后来我们长大了

别离故土

在外面的世界

同甘共苦

听到了吗

亲爱的兄弟

儿时的欢呼笑语

儿时的日夜梦话

共同祈祷

共同哭笑

共同奋斗

知道吗

我们是顶天立地的男子汉

我们能阻挡暴风骤雨

今天

就让我们再一次

抖落沧桑的尘土

啊

亲爱的兄弟

你安心地去吧

兄弟们会把你铭刻在心

兄弟们会把悲痛化作力量

啊

亲爱的兄弟

你安心地去吧

你已把青春热血撒向大地

天堂的万物将属于你

你早已把怀念寄予了故乡

那条青青长长的河流

一定会流向属于你的那个地方

2002年8月26日

她的泪水

太阳落山

她就在村脚的多依树下

等待心上人

等到夜色弥漫

等到月光黯淡

泪水整夜洒落在地平线上

她却以一颗真诚的心

等待

她说

不求炽热的爱情

只想烤热心中的泪水

滋润人生干涸的旅途

2001年5月6日

为了您

在碧绿的山野

用鲜嫩的野果

为您写下了

两首诗

一首发表在

自己沉静的心间

让思念的夜蛔

放声吟咏

直到广袤的大地

从沉默中爆发

一首发表在

村旁那棵开满小花的

大椿树上

让欢乐的鸟儿

为您朗诵

直到您脱离那个

孤独的世界

2002年5月6日

伟者①结婚

一个家庭临喜了

另一个家庭跟着欢喜

一个村寨沸腾了

另一个村寨跟着热闹

大地啊

一定在聆听山寨的和谐之音

苍天啊

一定在祝福恋人幸福美满

一个风雨交加的季节

一个稻谷抽穗的日子

伟者在亲人的撮合中

把一位失语失聪的村姑

背进了低矮的土掌房里

---

① 伟者，哈尼族男子的名字。

酿就了一段刻骨铭心的爱情

为告别山寨的"剩男部落"
伟者终于违背千古祖规
在炎热多雨的夏日里
在绿色掩映的村寨中
沐浴着蒙蒙细雨
走进了甜蜜的婚礼
从此
村里的老人们又放下了一颗悬着的心
从此
村里的汉子们又多了一分寂寞

2011年6月22日

我的儿子

我的儿子
是哈尼族的后裔
他童年就生活在哈尼山寨

我的儿子
会讲标准的哈尼话
他的血液里时刻流淌着村里的"圣水"

我的儿子
一定要了解民族的发展史
因为他长大了要为民族服务
他的使命就是推动民族发展

我的儿子
一定会在繁华的都市奋斗
因为那里也有哈尼族人的天地
他将在城市里建一座"诺玛阿美"

2005年3月9日

无名夜虫

我是一只无名的夜虫

不是我讨厌明媚的阳光

不是我讨厌明亮的世界

只是阳光把我抛弃

只是世界把我遗忘

我从小就是一只无名的夜虫吗

我只属于大山那寂静的夜晚吗

不

我不要躲藏在黑夜里哭泣

我不要独自在风雨里颤抖

清净如洗的夜空

也属于我啊

皎洁的月光

也在陪伴着我啊

2000年8月12日

足迹

被奶奶养大的我

时常梦见奶奶那慈祥的笑容

逝去的奶奶无法回来

那棵爷爷亲手栽下的核桃树下

我永远只是一只

无法飞翔的小鸟

在苞谷地里

在故事与现实之间

我终于知道了

母亲背篓里的心事

在大山里

在村庄与梯田之间

我终于找到了

祖辈们深深浅浅的足迹

在明媚的阳光下

在低矮的田棚里

我用诗的方式

认真记录着千百年来

梯田间

深深浅浅的足迹

还有母亲口传的

长长短短的故事

2006年9月18日

故乡的爱恋

阿尼咪里①

你说

想在故乡的竹林间

为我编织

一件碧绿的竹衣

于是

我送你一根漂亮的绣花针

我想让你绣一间

爱情的堡垒

阿尼咪里

你在高山上砍柴吗

你在河流间洗衣吗

还是在村脚的多依树下

唱那首《我的爱人》

① 阿尼咪里，哈尼语中"姑娘"的意思。

阿尼咪里

你在哭泣吗

你在歌唱吗

今晚

我乘风归来

接你到繁华的都市

买一朵鲜艳的玫瑰

再带你到森林里

开始一段爱的旅行

2007年2月13日

不想离开

一生都不想离开的

是绿春

一生都离不开的

是阿倮坡头

因为

这里有绿荫的森林

这里有流淌的泉水

清澈的山泉水啊

总把祖辈开挖的梯田越养越漂亮

如镜的梯田呵

默默地养育着一代又一代哈尼族人

我永远是哈尼族人

我永远是阿倮欧滨的儿子

一生都不想离开

我的衣胞之地

我爱恋生养之地

就像游鱼依恋河水一样

我的故乡是哈尼家园

我真的不能放弃博大精深的哈尼文化

家里有父母妻儿

今天我决定

一生也不离开了

2011年7月28日

沉默的爱情

我的爱情

我那大山孕育的爱情

在青山与绿水间

度过了半个世纪

在思念的痛苦中变得伟大

在太阳的光辉中茁壮成长

我的爱情

我那大山孕育的爱情

在喜悦和忧伤中沉默

在幽静的小山村中沉默

也许是为了

让这朵爱情之花开得更艳

我的爱情

我那大山孕育的爱情

让我流尽了新鲜的血液

让我牺牲了英雄的勇气

可怜素面乡村女子

日夜坚守在清澈的孟曼河边

我的爱情

我那大山孕育的爱情

谁都可以赞赏和嘲笑

可是河那边的阿尼迷里

她那自然的微笑

早已烙印在我心上

我的爱情

我那大山孕育的爱情

今天终于在大山里

彻底沉默了

可我相信

总有一天会在沉默中爆发

2003年5月23日

大山情迹

大山是哈尼族人的母亲
大山哺育了哈尼族人的生命
还有哈尼族人那崇高的爱情
从此
哈尼汉子们为大山而奋斗
从此
哈尼姑娘们为爱情而狂奔

祖辈们的祈祷和哭泣
让儿女们登上了成功的山顶
从此
山里的木楼夜夜月满
从此
山间的绿水日日长流

山水间的恋情

一定是大山的未来

大山的孩子正用智慧铸就

大山的辉煌

他们正用心血酿造

一段大山的真情

从此

他们成为大山文明的使者

从此

彩虹就是连接真情的桥梁

2006年5月23日

风

一阵晚风

带着刺人的霜

在痛人的黑暗中

沿着山坡奔向山寨

今夜

山寨不再沸腾

今夜

村民不再欢聚

今夜

村头的昂玛神树

挺起伟岸的身躯

祈祷生命的健康

2000年8月16日

福兰克的绿春情结

一个出生在欧洲的荷兰男子

因神奇的哈尼梯田

漂洋过海踏上了中国的领土

越山穿河走进了红河的怀抱

也许是一种神奇的力量

让他偶然间走进了

哈尼家园——绿春

从此

他给自己取名福兰克

多少次

他独自走进绿春

踏进哈尼族博物馆

踏进哈尼服饰传习馆

多少次

他带着亲朋好友

走进绿春

走进古老的哈尼山寨

走进和睦的哈尼家庭

多少次

他带着国外的旅行团

走进绿春

走进茂密的原始森林

走进天下最长的宴席

他说

他非常喜欢绿春

他已经爱上绿春

他说

他喜欢秀丽多姿的自然景观

他喜欢古朴浓郁的人文风情

还有五彩斑斓的民族服饰

他说

他爱上了一个淳朴的哈尼族姑娘

他说

他要把神奇的绿春介绍给世人

2012年1月10日

海中的我

我是一叶扁舟

在无际的海中荡漾

我只是想漂洋过海

寻求那片属于自己的土地

此刻

一道亮光掠过

竟是一支历史的舰队

从天而降

把我打落

使我永远地沉没在海底

从此

我不能

与狂风拼杀

与海浪搏斗

我只能

在海底升起生命的旗帜

2000年6月28日

集线的母亲

集线的母亲

背负着全家人沉重的生活

日夜行走在

曲折的山路上

她用双手

娴熟地搓捻着光滑的线锥

把一条条细白的棉线

搓捻成一段段深刻的记忆

集线的母亲

担负着传承民族文化的重任

四季沉寂在哈尼服饰传习馆里

温暖着每一位年轻妇女的心

她们都是集线的母亲

集出的线有多长

好日子就有多长

2012年5月18日

离别

离别在灿烂的阳光下
离别在皎洁的月光中
想用悲伤来挽留您啊
挽留您的心灵

时光流逝
烟雨敲窗
我熟悉您的称谓
却记不得您的面容
亲爱的您
请相信我的诺言
我们的爱情
永远不变

2000年9月5日

埋藏痛苦

你们是一团炽热的烈火啊

日夜烘烤我们这段淳朴的爱情

你们想烧毁这爱情的灵魂吗

想让我们走进痛苦的火炕吗

办不到　办不到

你们是一股可恶的泥石流啊

波涛般拍击我们这段热烈的爱情

你们想把我们的爱情冷却吗

想让我们的爱情冲向黑暗的深渊吗

妄想　妄想

我们要让你们知道

我们的爱情是一缕青烟

与日月星辰同存

天涯海角　大漠孤烟

早已经历了生与死的考验

我们要让你们知道
我们的爱情已历经了
新生到痛苦再到新生的苦难
我们坚信
幸福一定会把痛苦埋藏

2003年2月14日

梦

风和云

雨和雾

都在故土中

自由飞翔

在春

在夏

在秋

在冬

让风雨

让云雾

在洁净的天空里

编织一个美丽的梦

那是一个故乡的梦

在遥远的哈尼家园

在古老的蘑菇房里

在温暖的火塘边

在清澈的河流上

2003年9月12日

梦醒

太阳刚落下

寒风刚退去

一个孩子的父亲

轻轻抱着自己的孩子

悄悄地进入了梦乡

他梦见

在十多年前

在农村教书育人的情景

他梦见

在哈尼家园

族人辛勤劳作的身影

他梦见

自己拿着梯田的画册

背着梯田里成熟的大米

走出大山

走向世界

突然

一阵婴儿的哭声

把他从睡梦中惊醒

他走出寝室

呆呆地望着

像雪一样洁白的月光

像是在努力塑造一件原始的艺术品

2011年12月26日

盼望

从孩提时起

当夕阳西下的时候

我就在寨脚的大树上

盼望着

晚霞的出现

从行走在山里起

当春回大地的时候

我就在山顶的明月下

盼望着

山花的盛开

从在母亲的怀里记事起

当满山的樱花盛开时候

我就在温暖的火塘边

盼望着

樱花汤圆的味道

从拿起写作的钢笔起
当每天报刊来到的时候
我就在寂静的办公室里
盼望着
自己的文章发表

从迈步走向社会起
当门前的朝阳升起的时候
我就在茂密的昂玛林间
盼望着
一个又一个奇迹的出现

2010年12月28日

人间之美

有一种花叫野花

它很美

美在

为人类创造了甜蜜的生活

有一种光叫阳光

它很美

美在

温暖了世界的每一个角落

有一种鸟叫布谷鸟

它很美

美在

为山寨带来了秋的气息

有一种水叫泉水

它很美

美在

滋润了每一块干涸的土地

有一种人叫农民

他很美

美在

为人类创造了丰富的粮食

2010年7月26日

她的梦境

月明星稀的夜晚

她总爱迷恋晴朗的夜空

在故乡

在异乡

夜晚的蓝天同一片

月明星稀的夜晚

她总觉得满怀惆怅

只听见几声夜虫的短鸣

她莫名感到身心疲倦

睡熟了　　睡熟了

她在梦里大声疾呼

金色的夜晚她多么不幸

她说

梦见自己是一个囚徒

在迷茫的梦境里

被送进一片茂密的森林

她告诉人们

她在森林深处看到了

昆虫在发明翅膀

蜘蛛在发明丝网

可她没感到惶惑

夜色浓浓

明月圆圆

她在月光里沐浴

她在梦境里神游

可没有谁能用炽热的爱

点燃这个寂静的夜空

2003年9月15日

我的一天

这是我的一天

也是全家人的一天

更是简单幸福的一天

四季的清晨

牵着儿子的手

把他送进快乐的校园

然后，坐在办公室里工作

下班了

带着妻儿到老家

和父母一同共进晚餐

夜幕降临

背着儿子　牵着妻子

走回竹林间

在那间低矮的小房里

妻儿共赏精彩的电视节目

我仍在整理《绿春哈尼族》

夜色弥漫

一家三口进入梦乡

2011年1月12日

心灵之美

一段纯洁的爱情

在明月和花丛中

铸就了一个个

美的心灵

天梯般的梯田

在爱情的灵魂深处

流露一种奇特的美

花一样美的小河

河一样清的爱情

在天与地之间

在历史与未来之间

在心灵与心灵之间

轻轻流淌

2009年6月15日

幸福的光芒

一种希望

在绿色的大地上诞生

一种激情

在灿烂的阳光下迸发

一段真情

在多彩的世界里延续

让我和你共同

铸就真爱的宝塔吧

只要上苍给予我们

一束温暖的月光

我们的爱情

一定会散发出幸福的光芒

2008年4月6日

寻觅

寻觅　无忧无虑的童趣

来填补成熟的空白

寻觅　历经沧桑的史页

让其作为人生驿站的坐标

寻觅　刻骨铭心的恋情

用其作为人生奋斗的动力

寻觅　坎坷人生路后的平坦

用它来埋藏人生路上的所有荆棘

最后　有情人手拉手

努力驶向幸福人生的彼岸

2003年10月25日

真情

在灿烂的阳光下

在沸腾的山寨里

新郎新娘穿上

母亲亲手裁制的礼服

清洗人生的第二朵花

这是阳光下最鲜艳的花

这是世界上最古老的宴席

这是恋人走向幸福的第一步

村里的人们穿上了盛装

真诚地微笑

新郎和新娘笑了

伴郎和伴娘笑了

人们尽情品尝

人世间的真情

2003年11月28日

哈尼的家园

粑埔粗①

你以伊人的姿态

静静伫立在阿倮东仰

千百年来

历经沧桑

风采依旧

粑埔粗

是一个千年民族的粮仓

是一代族人发展的踏板

多少年后

勤劳的族人

在世界哈尼族第一村

诺玛阿美

---

① 粑埔粗，云南绿春县城附近一座山的名字。

虔诚地怀念你

在明月的梦乡里

哈尼的子孙们

定会亲切地呼唤你——

粑埔粗

2011年4月11日

但丁河①

但丁河

一条母亲的河流

河里流淌的永远是

母亲那纯净的泪水

无比温存　无比透明

踏进但丁河

就踏进了母亲那

沸腾的血液里

跳进但丁河

就跳进了小仆哨那

深厚的情爱里

无法自拔

————————

① 但丁河，云南绿春骑马坝的一条河流。

日日夜夜

从头到脚

时时刻刻

如痴如醉

就这样

以爱的方式

一生拥抱但丁河

2007年8月13日

古老的歌

一首深藏在心中的歌

流淌在心间

放飞一曲心中的歌

让悠扬的旋律

温暖一段苦难的人生

再让风雨带回

遥远的努玛阿美

让每一个音符

四季滋润

干涸的庄稼

日夜填补

山寨的贫穷

啊

这是一首古老的民歌

就让人们用心传唱吧

就让人们以诗的方式

梳理一个古老的民族

由北向南的迁徙历史吧

啊

这是一首古老的习俗歌

就让人们在都玛简收的故事里

了解一个古老民族的历史吧

2012年1月9日

故乡的樱花

在遥远的故乡

在温暖的蘑菇房里

栖息着一个古老的民族

这是勤劳勇敢的民族

这是原始和谐的民族

在族人的生命里

始终拥有艳丽的樱花

樱花同族人一样无私

樱花同族人一样坚强

绽放在寒冬腊月里的樱花

总把温暖送到哈尼山乡

樱花在农历十月化作汤圆

把幸福带给哈尼族人民

2011年11月6日

呼唤绿色的世界

阿伊哟

这是金色的秋天吗

不

丰收的喜悦早被冰雪掩盖

阿伊哟

这是寒冷的冬天吗

不

纯洁的笑脸刚与鲜花媲美过

阿伊哟

这该是五彩缤纷的季节啊

可惜

一阵刚烈的风

把鲜花吹落了呀

阿伊哟

这该是充满生机的时刻啊

可惜

肮脏的尘土掩盖了绿叶

阿伊哟

蝶儿不再恋花

百鸟不再歌唱

田螺和蝌蚪掉进

干裂的缝隙中死去

阿伊哟

属于灰色世界的人们啊

在山泉水流出的分水岭

用黑猪隆重祭祀阿俅欧滨

在庄稼生长的田间

悄悄举行莫昂南仪式

人们啊

以古老的方式祈求

春雨的降临

以原始的声音呼唤

绿色的世界

2012年2月8日

家园

一只小鸟

一坔草窝

一头小牛

一间木厩

一个民族

一片家园

原始森林

清泉溪流

荞子坡地

稻谷梯田

哈尼村寨

共同构成了

美丽的哈尼家园

从远处看

就是一幅美丽的自然画卷

2011年8月16日

家园变了

一块叫哈尼家园的乐土
千百万年来
以亘古不变的姿态
静静地屹立在南国边疆
树木是她的外衣
绿草是她的皮肤
黑土是她的骨肉
泉水是她的血液

多少年后
一股叫城市建设的热浪
冲洗了她的躯体

一幢幢高大的楼房
一条条平坦的道路
一盏盏科技的彩灯
让人们看到了家园的繁荣

2011年3月

开馆了

2012年2月25日

龙年春天的龙日

阿倮坡头玛龙家族十年的积蓄

哈尼然约者黑半生的心血

绿春县诺玛阿美哈尼服饰传习馆

历经五年的艰苦建设

终于开馆了

穿着民族服装的传承人

热情展演十余道传统纺织工艺

前来参加开馆典礼的宾朋们

微笑聚集每一件文物

用心体验第一道工序

开馆了

领导和朋友们前来庆贺

民间艺人和本地乐队前来助兴

亲朋好友前来帮忙

大家都在说

这是族人自信心的源泉

这是每个哈尼族人的责任

大家都相信

阿倮坡头玛龙园

哈尼服饰传习馆

一定会健康成长

一定会走得很远

2012年2月26日

抗洪救灾

公元二〇〇七年七月

是一个不会被忘记的月份

整个绿春被暴风雨侵袭

二十万各族人民群众

被惊吓

风雨无情人有情

一方受灾　八方支援

一颗颗爱心

铸成了一道道防洪墙

人们啊

万众一心

三十个日日夜夜

顽强地与洪魔抗争

英勇保护着美丽的家园

2007年7月26日

拉响防空警报

中国人民用智慧和力量

创造了一个个

令世人赞叹的辉煌成就

在高昂的防空警报声中

中国人民众志成城

创造了一个个世界奇迹

哀牢山深处的哈尼族人民

在中国共产党的坚强领导下

坚守祖国边防

建设哈尼家园

勇敢的哈尼族人民啊

站在黄连山顶峰

呼唤世界和平

那绿海中生出的红太阳

染得山脚下冉冉升起的五星红旗

更加鲜艳

呜——呜——

当日子行进到九月十八日这天

人防警报器咆哮了

这巨大的声音

传遍了山里山外

触动了所有哈尼族人的思绪

复苏了中国人民对艰苦历史的记忆

人防警报器的声音消失了

绿色的哈尼山乡

又恢复了平静

哈尼族人民安详地

像士兵一样地坚守着边防

2010年9月18日

林间度国庆

金秋十月，
中华国庆。
林下草果，
红里透黑。
家家户户，
进山收果。
父母双双，
烘烤草果。
弟兄两人，
夜打山鼠。
大地为桌，
野竹为杯。
星月为伴，
林间美酒。
大山情歌，
共享野味。
人为大山之丰收而醉，
心为祖国诞辰而歌。

2010年10月1日

绿色草屋

茫茫的原始森林深处

那间低矮的绿色草屋

是用野竹和草果叶

泥土和树木

搭建而成的

老人是草屋的主人

从此

这片森林有了人烟

绿色草屋

是老人守护草果园的温室

绿色草屋

是猎人休息抽烟的驿站

年轻的猎人

带着一只猎狗

跑遍整座森林

猎人每次狩猎回来

都会为老人吹燃

一把把温暖的火

也会为老人烤好香喷喷的野味

夜里

老人和猎人

围在温暖的火塘边

点燃一支又一支香烟

聆听一曲又一曲大山交响乐

2009年11月18日

玛龙

阿俣坡头

一个从远古走来的

哈尼族村寨

村角那片绿树成荫的宝地

从建村立寨之日起

就被称为玛龙

几百年来

玛龙仅属白氏一家

玛龙寂静得

像是被村人遗忘的角落

曾是村里赶马群入村前歇息的佳处

也是野花争艳、百鸟争鸣的乐园

两百年过去了

曾经的山村

变成了山城

曾经的山林

变成了山寨

玛龙却以古老的姿态

日夜坐在

古木丛中

以独特的魅力

吸引着国际友人

因为

这里有哈尼族农家乐

这里有哈尼族服饰传习馆

这里还有哈尼族长龙宴

2009年6月16日

梦想成真

这是东仰人民

千百年的梦想

公元二○一二年四月二十七日

元绿二级公路通车了

梦想终于变成了现实

这是绿春发展史上的辉煌篇章

一条平坦宽阔的公路

像一条黑色的巨蟒

从分水岭的密林深处

直伸向红河北岸

二级路通了

勤劳的东仰人民见证

神秘的阿倮众神见证

可爱的林间精灵见证

二级路通了

阿倸山民杀猪宰鸡

莫昂纳唱哈巴

大家共聚一堂

开晚会跳乐作

二级路通了

山里人不再有

不想出去和不想回去的念头

城里人不再有

长途颠簸晕车的恐惧

二级路通了

村里的孩子们

可以出去看看

外面精彩的世界了

二级路通了

海内外游客

就这样慕名地走进了

哈尼家园

生态绿春

2012年4月27日

山间的足迹

这是一片原始的常绿阔叶林

这里有千百万种鸟

在朝阳下飞翔

在花丛中歌唱

这些可爱的小精灵

这些美丽的自然风光

时刻记着

一个个摄影爱好者的足迹

这是一处和谐美丽的家园

这里有勤劳的哈尼族人民

他们四季农耕稻作

他们日夜传承文化

那些绚丽的哈尼服饰

那些浓郁的民族风情

时刻感动着

一个个文化学者的心

2012年4月17日

收藏

这是族人永远的寒舍

这是后人成长的记忆

这是一个民族历史的见证

这里收藏了

祖辈遗留的弓箭

这里收藏了

父辈制造的猎枪

这里收藏了

木匠编织的竹篾背包

这里拴住了

能撵死麂子的猎狗

这是我们的博物馆

这是我们的农家乐

这里绿树成荫

这里鸟语花香

这里歌声嘹亮

2011年6月8日

田棚

石头、泥土和稻草构成的田棚

是哈尼父母一生的客栈

是家畜永远的家

是五谷杂粮温暖的仓库

这里的烟火四季不灭

这里的故事日夜精彩

族人在这里用心创造奇迹

《四季生产调》永远在这里传唱

2012年7月25日

削峰填谷

一座绿色的山峰

是一部悠久的农耕史书

在新社会的发展浪潮中

古老的粑埔粗

改名为削峰填谷

一座千百年的大山

是一个古老民族的粮仓

勤劳的阿倮山民

在不灭的火塘边

向祖先倾诉

如何在烂漫的樱花下

向大山永别

许多年后

削峰填谷

改变了

绿春贫困的面貌

抢救了

诺玛阿美的容颜

换来了

世界哈尼族大观园

2011年2月6日

丈量

哀牢山深处

四季茂密的八尺山脚下

有一块肥沃的土地

那是

祖辈留下的珍贵遗产

父亲说

这块土地

自古就孕育着

整个家族

儿女们自幼目睹

父母起早贪黑

披蓑衣　戴斗笠

用心料理着

四季的农事

数不清

岁月的风雨

吹落了多少枝头的春秋

可至今

父母的双脚还未丈量出

土地与老家之间的距离

2011年4月11日

走进子雄

子雄
一个古老的哈尼族山寨
质朴的哈尼族腊咪人的故乡
勤劳的族人在这里繁衍生息
一对鼓锣敲出村庄的幸福
一支原始的舞蹈在这里传承

子雄
人们喜欢在此相聚的村寨
游客喜欢体验的地方
就在这里
一同回忆一段段动人的故事
一起唱响一支支动人的酒歌

子雄
美丽诱人的哈尼村寨
静立在绿春北面的密林间
世界各地的游人都来这里像鸟儿一样舞蹈

2012年5月9日

后　记

这本书是我继散文集《山寨情韵》和新闻作品集《印象绿春》后的一本诗歌作品集，里面收录的是我从1999年至今业余创作的诗歌，部分已在各级刊物上发表过。

初中毕业前，因为依恋亲人和故土，我从未离开过家乡。初中毕业后，讲不了几句汉语的我，来到云南省红河州民族师范学校读书。那几年，我努力学习，一到周末便去学校的阅览室看书、摘抄并开始接触诗歌。在那里，我似乎感觉到自己已经深深地爱上了文学。毕业后，在农村从教的那几年，看书、学写文章成了我生活的"调味品"，乡村可爱的孩子、美丽的大山、古老的村庄和热烈的民族节日给予我太多的创作灵感。于是，我天天看书，夜夜写日记、写散文、写诗歌。我明白，在乡村写诗不是为了成为什么作家，也不是想成为什么名人，只是为了排遣寂寞、丰富生活，为了给自己留下一点人生的奋斗足迹，抒发对大自然的热爱和对故乡的依恋之情。

调到绿春县委宣传部从事新闻宣传工作后，在民族文化大繁荣、大发展的背景下，我在工作之余深入研究哈尼文化并多次参加哈尼文培训班后，开始喜欢自己的母语，并下定决心认真学好哈尼文。本书所收录的诗歌，有的是用哈尼文创作再译成的汉文，有的是用汉文创作后来又译成了哈尼文。更好地挖掘和整理古老又珍贵的哈尼文化，

把哈尼文化瑰宝推向世界，让更多的人走进哈尼山乡、了解哈尼文化，是我创作的初衷。

在本书出版之际，我首先感谢母亲，她把我带到这个美丽的世界，让我有了幸福的生活。感谢哥布、艾吉、陈来三、李沙、陆建辉等兄长的鼓励，感谢白居舟、龙元昌、陈拉抽、白金山四位老师的帮助，感谢谭琪做老师在百忙中为本书写序；特别感谢中国海洋大学的支持，让本书得以顺利出版。最后，敬请广大读者朋友批评指正。

白者黑

2023年12月于绿春